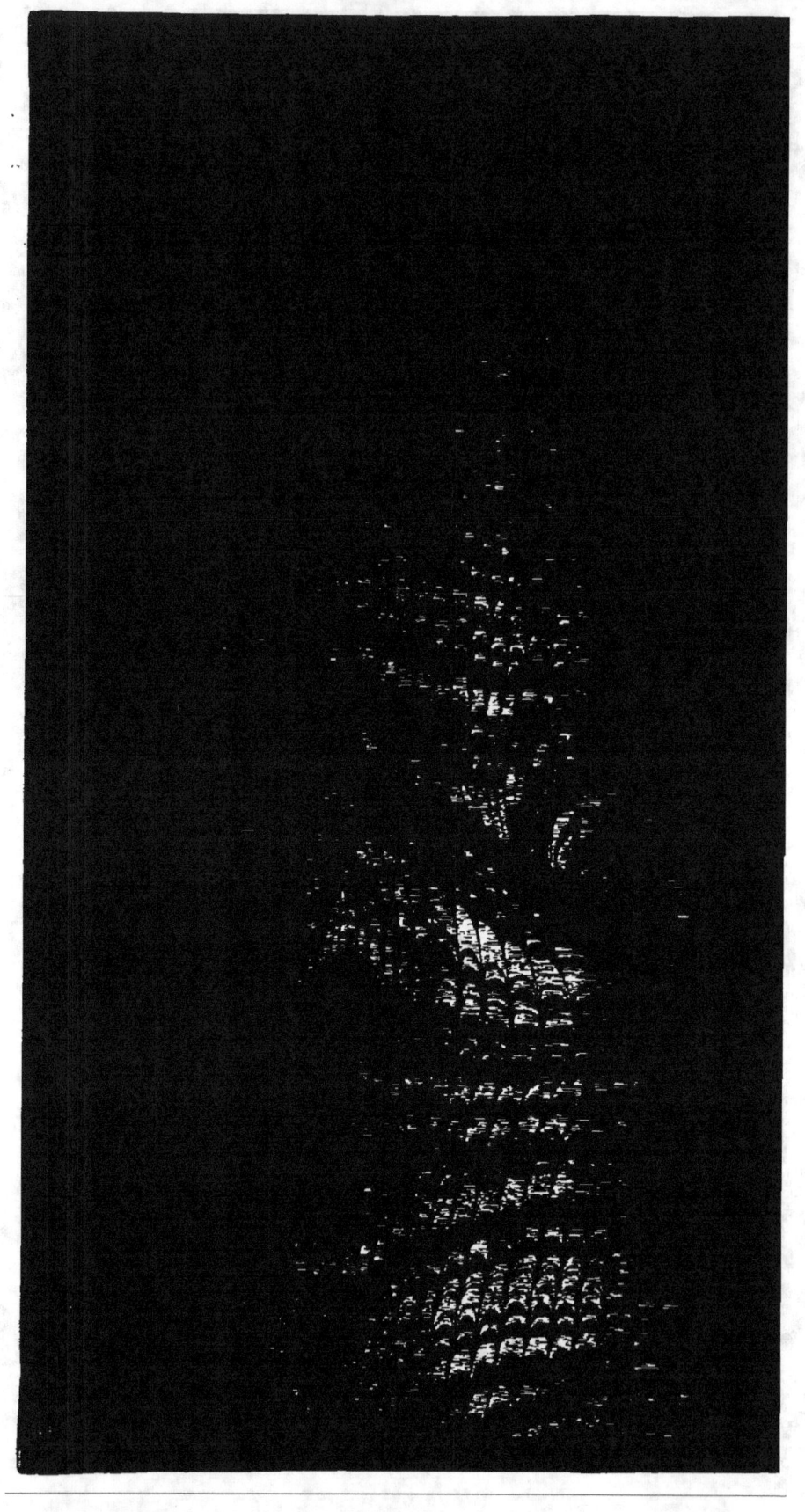

CHEFS-D'ŒUVRE INCONNUS

LES

PORCHERONS

PARIS

Librairie des Bibliophiles

M DCCC LXXXII

LES CHEFS-D'ŒUVRE INCONNUS

LES PORCHERONS

TIRÉ A TRÈS PETIT NOMBRE

Il a été tiré, en outre, 20 exemplaires sur papier de
Chine et 20 sur papier Whatman, avec *double épreuve
de la gravure.*

A Lalaure sc 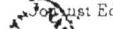 Jouaust Ed Imp. A Salmor

LES PORCHERONS

LES
PORCHERONS

POÈME EN SEPT CHANTS

PUBLIÉ

PAR LE BIBLIOPHILE JACOB

Eau-forte par Ad. Lalauze

PARIS

LIBRAIRIE DES BIBLIOPHILES

Rue Saint-Honoré, 338

M DCCC LXXXII

PRÉFACE

'AVAIS *lu avec beaucoup de plaisir, il y a quarante ans, un poème poissard, intitulé* LES PORCHERONS, *et je l'avais trouvé bien supérieur au fameux poème de Vadé,* LA PIPE CASSÉE, *qu'on regarde généralement comme le chef-d'œuvre du genre, mais que personne ne lit plus aujourd'hui. Le genre poissard, qui eut la vogue à Paris, non seulement dans le peuple, mais parmi les raffinés de la ville et de la cour, sous le règne de Louis XV, est maintenant plus ignoré encore que méprisé. On s'étonnera donc d'entendre parler de chef-d'œuvre en ce genre-là, mais nous n'en sommes pas moins déterminé à signaler des chefs-d'œuvre à différents degrés, dans tous les genres de littérature, petits chefs-d'œuvre, chefs-*

d'œuvre infimes des genres les plus éloignés du
beau, du grand, du sublime, qui constituent le
vrai chef-d'œuvre dans toute l'acception du mot.

Le poème des PORCHERONS nous avait donc
laissé un très bon souvenir, une impression très
vive, divertissante et presque agréable. Il nous
avait charmé surtout par le ton franc et simple,
naturel et même naïf du poète, si l'on peut donner le nom de poète à un rimeur de poissarde-
ries ; ce poème était moins brutal, moins grossier
et moins haut en couleur que LA PIPE CASSÉE ;
plus correct et plus égal de style, plus honnête et
plus décent dans ses expressions, plus varié et plus
pittoresque dans ses tableaux. Mais je n'a-
vais pas retenu le nom de l'auteur, en admet-
tant que cet auteur fût connu et que son nom eût
figuré sur le titre du recueil dans lequel j'avais
rencontré LES PORCHERONS. Mes recherches biblio-
graphiques ont été longtemps en défaut, et je dé-
sespérais de retrouver ce poème poissard, qui
n'existait plus qu'à l'état de vague réminiscence
dans ma mémoire, quand le Catalogue des livres
rares et curieux d'Auguste Veinant (Paris, Potier,
1862, deuxième partie) m'a offert, sous le nu-

méro 427, ce titre d'ouvrage, que j'ai retrouvé
ensuite dans la FRANCE LITTÉRAIRE de l'abbé de
La Porte, et par conséquent dans la FRANCE LIT-
TÉRAIRE de Quérard, à l'article de Cailleau (André-
Charles) : LE GOUTÉ DES PORCHERONS, OU NOU-
VEAU DISCOURS DES HALLES ET DES PORTS (par
Cailleau). De l'imprimerie de Mme Angueule, s.
d. (Paris, Cailleau), in-12.

Mais était-ce bien là mon poème des PORCHE-
RONS? je me suis mis alors en quête du GOUTÉ
DES PORCHERONS, et je déclare, à ma honte, que je
n'ai pas réussi à le découvrir, même à la Bibliothèque de l'Arsenal, qui possède au grand
complet toutes les poésies du XVIIIe siècle. La
FRANCE LITTÉRAIRE de l'abbé de La Porte m'avait
fourni la date de la publication, 1749, mais je
n'en ai pas été plus avancé, et le GOUTÉ DES
PORCHERONS est encore à chercher. J'étais bien
sûr, d'ailleurs, que ce n'était pas sous ce titre-là
que j'avais lu jadis mon poème des PORCHERONS.
Le hasard est venu, par bonheur, me renseigner
mieux. En feuilletant le curieux livre de Fran-
cisque Michel et d'Édouard Fournier, HISTOIRE
DES HOTELLERIES, CABARETS, HOTELS GARNIS, etc.,

je suis tombé au milieu des extraits du poème des
PORCHERONS *(tome II, pages* 364 *et suiv.), et j'ai*
appris que ce poème faisait partie d'un recueil
anonyme, intitulé : AMUSEMENS RAPSODI-POÉTI-
QUES, *et imprimé dans la ville de Stenay, en* 1773,
« cité peu typographique d'ordinaire », disent les
auteurs, et, en effet, M. Pierre Deschamps ne l'a
pas mentionnée dans son admirable DICTIONNAIRE
DE GÉOGRAPHIE MODERNE A L'USAGE DU LIBRAIRE.
Je tenais enfin mes PORCHERONS *ou croyais les*
tenir; mais les AMUSEMENS RAPSODI-POÉTIQUES
manquaient dans la collection de la Bibliothèque
de l'Arsenal, ainsi que dans tous les Catalogues
que j'ai consultés, à l'exception du Catalogue de
la bibliothèque d'Édouard Fournier. Mais où
retrouver ce fugitif? Rien n'est plus rare qu'un
livre rare, car un livre court et s'égare aux
quatre coins du monde et les livres les plus rares
ne sont pas les plus précieux.

    Une bonne âme de bibliophile a eu pitié de
mon embarras; on m'a fait l'agréable surprise
de m'envoyer, non les AMUSEMENS RAPSODI-
POÉTIQUES, *mais un recueil intitulé :* LES FANTAI-
SIES POÉTIQUES OU PORTEFEUILLE D'UN ÉLÈVE DE

Voltaire (*Paris, chez Durand neveu, libraire,*
1780, in-12 de III feuillets non chiffrés et de
200 pages). Mon poème des Porcherons, *poème*
en VII chants, commence à la page 124 et finit
avec le volume. Je n'avais pas à en demander
davantage; j'ai relu ou plutôt j'ai parcouru ce
poème qui m'a semblé tel que je l'avais jugé,
quarante ans auparavant, et je l'ai mis sous
presse, sans m'enquérir de ce que pouvait être
l'Élève de Voltaire, ainsi désigné par le titre du
recueil.

Sur ces entrefaites, un catalogue de livres à
prix marqués, publié à Bruxelles, est venu mettre
sous mes yeux la première édition des Amusemens
rapsodi-poétiques *ou plutôt la seule édition qui*
ait été imprimée, avec son titre primitif et ori-
ginal, qu'il faut transcrire tout entier : Amuse-
semens rapsodi-poétiques, contenans le Galetas,
Mon Feu, les Porcherons, poème en VII chants,
et autres pièces. (*A Stenay, chez Jean-Baptiste*
Meurant, imprimeur et libraire de S. A. R.
Mgr le Prince de Condé. Avec Approbation et
Permission . M. DCC. LXXIII, in-12 de IV
feuill. liminaires, 200 pages, et 1 f. pour l'Ap-

probation, datée de Paris, le 27 mai 1772, et signée Crébillon.) Le libraire Durand n'avait donc fait que déguiser l'ouvrage sous le nouveau titre de FANTAISIES POÉTIQUES, *pour vendre à Paris le reste de l'édition imprimée à Stenay.*

Je me demandai alors quel pouvait être l'Élève de Voltaire, qui ne figure que dans le nouveau titre, et pour le deviner, j'ai lu soigneusement les poésies qui précèdent le poème des POR-CHERONS *et qui ne présentent pas un seul mot du vocabulaire des halles et des ports. Ce sont des vers très simples, trop simples parfois, puisque beaucoup sont assez mal tournés et frisent la platitude. Il en est pourtant d'une bonne facture et d'un laisser aller fort agréable. Ce sont de petits poèmes didactiques, qui composent la plus grande partie du volume agrémenté de quelques contes et poésies fugitives. Dans ces petits poèmes :* LE RETOUR SUR SOI-MÊME, LE GALETAS, MON FEU, LE LIT, *etc., l'auteur se montre en diverses positions tout à fait disparates :* LE RETOUR SUR SOI-MÊME *nous le présente propriétaire d'un bien rural et d'un ermitage champêtre, où il vit en philosophe dégoûté de la vie*

sociale; LE GALETAS, *au contraire, nous le fait
voir toujours philosophe, mais philosophe cy-
nique, en pleine misère, couvert de haillons et man-
quant de tout;* MON FEU *et* LE LIT *indiqueraient
qu'il était sorti de cette misère noire et qu'il
avait alors des aspirations de philosophe épicurien.
Une sorte de satire morale, qui a pour titre :*
LE FAUX PHILOSOPHE OU LES PASSIONS, *peut avoir
autorisé l'auteur à se qualifier* Élève de Voltaire.

*Nous doutons à présent que Cailleau, qui a
composé un grand nombre de vers dans le genre
poissard, soit l'auteur des* PORCHERONS, *et nous
préférons attribuer ce poème et le recueil où il se
trouve, à Fleury, dit Lécluse, l'ami et l'émule de
Vadé, un des maîtres du genre poissard, acteur
de l'Opéra-Comique qui ne l'avait pas enrichi,
puis devenu tout à coup dentiste et dentiste re-
nommé, qui fut reçu avec distinction par Voltaire
au château de Ferney et que Voltaire appelle* un
gentilhomme honorable, *dans une facétie qui a
pour titre :* LETTRE DE M. LÉCLUSE, SEIGNEUR DE
TILLOY, A MONSIEUR SON CURÉ. *Lécluse, en effet,
avait été nommé chirurgien-dentiste de S. M. le
roi de Pologne, et cette profession plus lucrative*

que celle d'acteur de l'Opéra-Comique et de poète
poissard, lui avait permis d'acheter la petite terre
du Tilloy, dans le Gâtinais. Il est probable que
ce dentiste-poète fit imprimer ses poésies par Jean-
Baptiste Meurant qui était imprimeur et libraire
du prince de Condé, à Stenay, et qui vint s'éta-
blir à Paris sur le quai de Gesvre. C'est là qu'il
fit connaissance avec Rétif de La Bretonne, qui
l'avait eu pour rival en amour et qui ne l'a pas
épargné dans Monsieur Nicolas où il le nomme,
par plaisanterie, Mourant (tome V, dixième
partie, page 2851) : « Dans le même temps que
j'imprimais les Gynographes chez Quillau, un
nommé Mourant, Liégeois, autrefois compagnon
imprimeur, alors libraire, et, de plus, malhonnête
homme, y faisait imprimer pour son compte les
Aventures de la jeune Émélie, de Mme la pré-
sidente d'Ormoi. » Mais Rétif ne parle pas de
Lécluse, ni du poème des Porcherons, que l'Élève
de Voltaire semblait prétendre opposer à la
Henriade.

P. L. Jacob, bibliophile.

LES PORCHERONS

CHANT PREMIER

Comme l'alouette au matin,
Que jadis un chantre latin,
Dans les accès d'un beau délire,
Sur le grand ait monté sa lyre
Pour éterniser les exploits
D'un assez bon nombre de rois,
Souteneurs de certaine Hélène
Qui, n'ayant au cœur la gangrène,
Avec Pâris par force ébats
En fit porter à Ménélas,
Je n'y trouve point à redire :
Le bon Priam n'eut point à rire

Qu'un fils, partisan de Vénus,
Fût grand ouvrier en cocus.
De ce temps-là comme du nôtre,
Troyen ne valoit mieux qu'un autre.
Il est vrai qu'amoureux larcin
Faisoit tôt battre le tocsin :
Car alors n'étoit badinage ;
Frères, amis et parentage
Rompoient lances pour ce délit
Qui passe aujourd'hui pour un rit,
Que strictement suit le beau monde,
Et que le petit bourgeois fronde.
   Advint de là que des héros
En fols se cassèrent les os,
Et, réciproquant ruse et piège
Pendant dix ans entiers de siège,
A la camarde sans façon
Firent faire une ample moisson,
Le tout pour une péronnelle
Friande de la bagatelle.
   Or donc que, pour tous ces beaux faits
Qu'il a consacrés à jamais,
Virgile ait fait, en très beau style,
Des héros d'Hector et d'Achille,

Et de vrais nigauds de ses dieux
Qui se chamailloient dans les cieux,
  Bien fait à lui. Tout ce vacarme
Qui mit dans l'Olympe l'alarme
N'auroit valu rien en plein chant ;
Au terrible ainsi qu'au touchant
Il faut, ma foi, d'autre musique
Qu'au racon héroï-comique.

  Aussi ses hexamètres vers
Disent-ils à tout l'univers
Qu'il chante les armes de Troie,
Qui pour lors n'étoit brin en joie.

  Moi, je me borne à des héros
Hardis pourfendeurs de gigots,
Intrépides pour les grillades,
Gueulans, ragoûts, tripes, salades ;
Chacun d'eux pourtant bon vivant,
Qui, ne mettant flamberge au vent,
N'ont brin le poing paralytique
Lorsqu'on veut leur faire la nique.

  Leur champ se tient aux Porcherons,
Où vont luronnes et lurons,
Les jours de fête et de dimanche,
Casser ou la gigue ou l'éclanche ;

A gogo boire et riboter,
Farauder, rire et gigoter,
Et puis finir force gambades
Par maintes et maintes gourmades
Qui donnent le plaisir après
A chacun de faire la paix.

　　C'est là qu'un robuste plaisir
N'a jamais le temps de languir.
Ton bruyant, gros ris, cris, tapages,
Sauts, lippée et grand bavardage;
La chanson et le quolibet,
Les sons aigus du coup d'archet,
De vinot le pot ou la pinte
Que l'on vide là sans contrainte,
Tout cet ensemble divertit
Qui n'a souvent sol ni crédit.

　　On sait que toute la semaine
L'artisan, sans reprendre haleine,
Chacun dans son petit état
Travaillant comme un vrai forçat,
Des six jours se fait un carême
Pour pouvoir aller, le septième,
Sucer, comme on dit, le cruchon,
Chanter la mère Gaudichon,

S'ébaudir, se mettre en goguettes,
Fille et garçon conter fleurettes,
Hommes et femmes s'empaffer,
De tout âge enfans se piffer,
Crocs rencontrer quelque gueulée,
Tapageurs troubler l'assemblée,
Farauds se montrer en beaux fils,
Vilaines faire les cypris,
Greluchons lorgner leurs donzelles,
Celles-ci jouer les fidèles
Et rendre dupes de leur jeu
Le pauvre milord pot-au-feu.

Dans tous les quartiers de la ville,
C'est, dimanche et fête, une file
D'honnêtes gens de tous métiers,
Cordonniers, tailleurs, perruquiers,
Harengères et ravaudeuses,
Écosseuses et blanchisseuses,
Servantes, frotteurs et laquais,
Mignons du port ou portefaix,
Par-ci, par-là, soldats aux gardes,
Et leurs commères les poissardes
Qui, n'ayant crainte du démon,
Vous plantent tous là le sermon

Pour galoper à la guinguette
Où se grenouille la piquette.

Point n'ont lieu là de réfléchir
Sur un noir et sombre avenir,
Dont la pensée à leur misère
Pourroit encor donner carrière.
Pour la gueule est le grand souci,
Le reste n'est qu'en raccourci,
Et, pourvu que la baffre abonde,
Peu leur importe l'autre monde.

Or, à cette procession
Dont à la fête est question,
Chacun chemine à sa manière :
L'un va devant, l'autre derrière.
D'une main portant le fricot,
De l'autre traînant le marmot,
La femme suit monsieur son homme,
Que parfois trop lasse elle somme
De plus lentement se hâter,
S'il ne veut voir tout bas jeter.

Trop sérieuse est la menace
Pour ne pas faire volte-face.
Aussi fait-il halte un instant ;
Mais il en voit passer et tant

Qu'à la fin, perdant patience,
Il croit pouvoir en conscience
Planter là pour y reverdir
Mère, enfans, ne pouvant courir.
Il est vrai qu'avec politesse
Il rime avant sa femme en S,
Qui le traite, de son côté,
Avec la même honnêteté.

   Un sot crîroit mauvais ménage,
Croiroit qu'entre eux deux le tapage
Va troubler le futur festin ;
Mais, arrivés, plus de venin.
Tel en chemin a chanté pouille
Qui, rendu là, dès qu'il grenouille,
Qu'il a le cul bouché d'un banc,
Change aussitôt du noir au blanc.

   Des pèlerins l'air libre et leste,
Les propos, l'ensemble et le geste
Font voir, comme ailleurs, que chacun
Désire là d'être quelqu'un.

   Bas blancs, souliers fins, chevelure
Poudrée à blanc, font la parure
Des jolis cœurs qui, contens d'eux,
Y vont faire les doucereux.

On fait jabot, on fait manchette,
On a chemise blanche et nette,
Petit chapeau, grand bourdalou,
Mouchoir à flot autour du cou,
La rouge culotte de panne,
En main ou sous le bras la canne,
Veste de toile ou de coton,
En fine nacre le bouton ;
Tête en avant, coude en arrière,
La rose dans la boutonnière,
Aux mains, hiver, été, les gants,
Bourses, tresses ou catogans.

A cet ensemble on peut connoître
L'élégant ou le petit-maître
Du Pont-aux-Choux, des Porcherons,
Où l'on roule ses paturons.

Dans leur parure les femelles
Font à leur tour les demoiselles.
N'est assez de faire des vœux
Pour enganter des amoureux,
Il faut fringuer, il faut la mise
Qui décide la convoitise.
Aussi le bonnet à picot
Monté tout frais en misticot,

Dont la fille attife sa tête,
Lui fait trouver un air honnête ;
Il ne faut après qu'un chignon,
Puis à croquer c'est un trognon.
Le tour de gorge ou gorgerette
De linon ou de mignonnette,
La coiffe faisant le licou
Par derrière nouée en chou,
En indienne ou drap le long juste,
Qui tient comme en moule le buste,
Sur lequel un étroit mouchoir
Dit aux galans : « Venez y voir. »

On fait tetons, on se redresse,
Sur l'honneur on fait la tigresse,
On babille *ab hoc et ab hac*,
On fait le semblant du tabac.
Taille serrée et force hanches,
Courtes chemises, longues manches,
Auxquelles sont petits maris
Blancs à rendre le reste gris,
Quelques breloques aux oreilles
Qui font aux atours des merveilles,
De mousseline un tablier
Sur lequel descend le clavier,

De la ceinture à la pochette ;
Au-dessus et dans la bavette,
Au milieu se met le bouquet
Qui de l'amant est le cachet.
En rouge ou brun la courte cotte
Propre à mieux sauter la gavotte ;
En fin tricot mitaine ou gant,
Et crucifix d'or à coulant.
Bien entendu que la chaussure
Répond à ladite parure.
De fil ou coton bas à coins,
Qu'on tient tirés avec grands soins ;
De tombacle ou d'argent la boucle,
Aussi brillante qu'escarboucle ;
Le soulier fin ou gris ou bleu,
Et les talons couleur de feu.
Quand sur son propre est la fringante,
Elle est plus leste qu'Atalante.
L'un rencontre l'autre en chemin,
On embrasse, on serre la main,
On se tiraille, on se houspille,
Le garçon chiffonne la fille,
La fille à son tour au garçon
Se plaint qu'il est trop polisson.

N'est permis d'être malhonnête
Que quand le vin monte à la tête :
On ne doit être entreprenant
En allant comme en revenant.
Ce n'est qu'au soir qu'on a coutume
De laisser tirer aile ou plume,
Ou, tout au plus, quand dans un blé
Secrètement on s'est coulé.

  Sans que de chagrin le cœur saigne,
On arrive enfin à l'enseigne ;
Des yeux chacun, par-ci par-là,
Semble dire : « Ah ! nous y voilà. »

  Les uns entrent, les autres sortent ;
Ceux-ci n'ont rien, d'autres apportent.
Le ménage ordinairement
Prend salade et vin seulement ;
Mais pour les cossus à manière,
Ils achètent la bonne chère.
Il est vrai qu'ils règlent l'écot
Sur les facultés du magot,
Qui doit aussi bien de la danse
Faire les frais que de la panse.
Tant pour la viande et pour le pain,
Tant pour la salade et le vin,

Puis encor tant pour le fromage,
Ce n'est, entre six, davantage
Que la pièce de douze sols
Qu'il faudra pour chacun de nous.
Il reste encor pour la servante
Trois liards si le diable nous tente,
    Ce calcul fait et convenu,
On s'explique pour du chenu.
« Entendez-vous, monsieur notre hôte,
Vis-à-vis nous point de maltôte;
J'somme ici six vivans tout cœur
A qui n'faut pas ficher malheur :
Quand mécontente est la pratique,
A l'enseigne alle dit bernique.
Avec de s'qui s'compte au gousset,
J'ons, Dieu merci, l'choix d'cabaret :
Ce n'sont pas les garçons d'la halle
Que jamais pus d'un'n fois on r'cale. »
A quoi le maître leur répond,
D'un air et capable et profond :
« Moi, vous tromper? bin du contraire ;
Vous s'rés contens, laissez-moi faire. »

CHANT II

Dans son comptoir monsieur Ventru,
Qu'on prendroit pour un malotru,
N'étoit un rempart de mangeaille,
En ragoût, rôti, cochonaille,
Dont les entrans sont convoiteux,
Sans avoir le ventre moins creux;
Monsieur Ventru, dis-je, en personne
Éloquemment parle et raisonne
Sur tous les différens morceaux
Dont le fumet monte aux naseaux.

   D'un bonnet de toile d'étoupe
Dont aux choux on feroit la soupe,
Tant il est onctueux et gras,
De cheveux il couvre un amas
Crépu, roux, où l'on voit la lente
Qui d'éclore n'est qu'en attente.

   Son nez large, épaté, camard,

A la forme assez d'un puisard
Qui d'une eau roussâtre redonde,
Et dont la tortueuse bonde,
Qui filtre en tabac du cerveau,
S'attache à sa barbe en grumeau.
    A chaque côté de ses lippes,
Qu'on prendroit pour pendantes tripes,
Se niche, aussi blanche que lait,
La crème, ou, si l'on veut, l'extrait
De son propos invitatoire
A faire jouer la mâchoire.
Souvent même du superflu
Chaque plat se trouve pollu ;
Mais de si près on n'y regarde :
N'a jamais rien qui ne hasarde.
Sa face à peau de maroquin,
En forme de lune en son plein,
Fait l'éloge de sa cuisine,
Malgré sa dégoûtante mine.
    Sur sa chemise, à tous les bouts,
Sont peints les différens ragoûts
Qu'à l'honnête public il vante,
Et pour lesquels la gueule tente.
Avec ses doigts fouillant au pot,

Il choisit à chacun son lot :
Le prix fait tout. Chacun marchande
A son gré les lopins de viande
Que, partagés de son tranchoir,
Il fouette là sur le comptoir.
Quelqu'un veut-il de la frigousse ?
Il sert de l'index et du pouce
Les graillons, dont le jus parfois
L'excite à se lécher les doigts;
Puis, s'extasiant sur la sauce,
Il joue à l'esprit et les gausse.
L'argent, quand est conclu le prix,
Se compte avant les morceaux pris;
De sa part c'est délicatesse,
Pour éviter que dans la presse,
Quelque écot, par distraction,
Ayant pris la réfection,
Chacun sortant et sa chacune
N'aille payer deux fois pour une.
    Qui pourroit peindre la gaîté
Dont un chacun est affecté
Dans cet endroit auquel abonde,
Pour briffer et pour boire, un monde
De tout âge et de tout état

Que l'on croiroit être au sabbat.

Le tableau de plus de vingt tables
Offre des portraits impayables,
Où la nature, laissant l'art,
Se présente nue et sans fard;
Où le peuple dans la misère
Se réjouit à sa manière.

Aidez-moi, mânes de Vadé :
C'est, comme on dit, à vous le dé.
En banquets, douceurs, algarades
De manans, rustres et poissardes,
Votre muse s'est fait un ton
Auprès duquel est rogaton
Tout ce dont, d'après la nature,
En ce genre on fait la peinture;
Et, quoique grand peintre en combats,
Querelles, injures, débats,
Chantant votre pipe cassée,
Vous n'ayez à la fiancée,
Aussi bien qu'à son amoureux,
Prêté nuls propos doucereux,
Vous n'avez pas moins du sublime
En crapule grimpé la cime;
Et chacun dit en vous lisant :

« Il dut être acteur ou présent. »
Patauds, Tircis, grosses Amintes,
Au milieu des pots et des pintes,
Quand vous sautez et vous saoulez,
Votre pesant d'or vous valez.

Le ton mâle de vos tendresses
Est-il celui de vos prouesses?
En amour ainsi qu'en propos
Vous seriez ma foi ses héros,
Le beau monde ne vous égale,
Fringans du port et de la halle.
Votre allure dans le plaisir
En feroit naître le désir;
Il n'est chez vous air ni grimace,
Et n'exige pas qu'on l'agace.

Femmes, hommes, filles, garçons,
Enfans plus gais que des pinsons,
Faisant une fois la ripaille,
A leur façon vaille que vaille,
S'ébaudissent sans pour du pain
S'embarrasser le lendemain.

Lorsqu'à peu près pleine est la panse,
Gavigni le cadet s'avance,
Et fait, tenant son violon,

A pas lents le tour du salon.
Du doigt pinçant la chanterelle,
Pour faire beaux bras il appelle.
    Un aveugle ordinairement,
Dont la basse fait l'instrument,
Sur les talons de son confrère,
En tâtonnant, marche derrière.
Lors il est de l'honnêteté
Que le verre soit présenté
A messieurs de la symphonie,
Qui, gens de bonne compagnie,
Quoique ennemis jurés du vin,
Se passeroient plutôt de pain.
A chaque écot une rasade,
Qui se répète à la passade,
Finit par monter au cerveau
De nos deux racleurs de boyau,
Desquels la raison en séquestre
N'en promet pas meilleur orchestre.
    Le tour fait, moins fermes que roc,
Nos Amphions montent à joc
Sur l'escabelle où la musique
Se ressent de l'effet bachique.
    Des archets le miaulement

De faux tons fait un sifflement
Qui couronne le bacchanale
Qu'on entend par toute la salle.
   Au milieu du charivari,
De Terpsichore un favori
Choisit enfin une danseuse
Qu'on sent devoir être fameuse,
Pour la première, à ce ballet,
Danser un grave menuet.
   Le grand bruit un instant s'apaise :
Pour mieux voir on se met à l'aise ;
Déjà le couple s'est placé,
Et, suivant l'usage, agacé.
Souris, propos, minauderies,
Complimens et cajoleries
Vont leur train jusques au moment
Où le trop perfide instrument
Fixe l'air qui, comme deux châsses,
Doit enfin promener leurs grâces.
   La demoiselle et le monsieur
Se tournent le postérieur
A la première révérence,
Et, d'un grand tour fait en cadence,
Se trouvent tous deux bec à bec

Par seconde salamalec.

Plantés droits comme de bouture,
Ils laissent finir la mesure,
Après laquelle tous les pas
Se marquent des pieds et des bras.

Sont sérieux garçon et fille
Plus que n'est âne qu'on étrille.

Celle-ci, le ventre en avant,
Tient son cotillon par devant,
Si bien qu'il semble qu'elle apprête
La place où voudroit choir sa tête.

Le beau-fils, d'un autre côté,
Espadonne avec propreté ;
Plus d'usage il n'est, pour la grâce,
D'avoir du pied la pointe basse :
On rencontre bien mieux l'aplomb
Quand on danse sur le talon.

Chacun de son côté chemine,
Semblant se faire grise mine :
L'un n'est pour l'autre qu'un zéro,
Et l'on figure *incognito*.

Vient l'instant que chaque automate
Se donne galamment la patte.
Les deux bras en angles aigus,

S'allongeant, en font deux obtus;
Les mains sortent de la poitrine
En forme de ronde bobine;
On s'accroche de ses cinq doigts,
Sans se regarder toutefois;
Mais, tenant le coude à la belle,
Le monsieur tourne derrière elle,
Et mène, en croupe sur ses pas,
A la lisière ses appas.
  On doit sentir qu'à cette danse
S'économise la cadence,
Qui, tournant tous deux un peu court,
Sur ses pas le garçon raccourt,
Et devant la fille avec grâce
En fignolure se surpasse.
Au dernier tour levant les bras,
Comme quelqu'un dans l'embarras,
L'un dans l'autre se précipite,
Et tous deux tournent, et si vite
Qu'en rose on voit le cotillon
Voltiger comme un papillon.
C'est l'usage, et la révérence
Témoigne la reconnoissance :
Le violon, ayant le mot,

A tour de bras sur son sabot,
D'un son aigu perce l'oreille,
Et pour grouiner fait merveille.
D'autres en lice entrent après :
Les personniers, sur nouveaux frais,
Amènent leurs compersonnières
Poliment en gens à manières,
Et l'on veut prouver au tripot
Que plus qu'un autre on n'est manchot.

On juge qu'il faut se rabattre
Sur force menuets à quatre,
Afin qu'ensemble dansant tous,
Aucun n'ait lieu d'être jaloux.

A briller chacun s'évertue;
Des acteurs grossit la cohue.
On entend basse et violons
Ronfler comme des aquilons :
Car d'instrumens nouvelle clique
S'est depuis jointe à la musique,
Qui fait cracher à l'esquipot
Quiconque boit à son écot.
Sitôt qu'on a fini la danse,
Chacun auprès d'elle s'avance,
Pour payer ou pour s'expliquer

Sur ce qu'il faut de plus marquer.
Pour le bon ordre il est de règle
Qu'en Barème fût-on un aigle,
On ne doit point être d'accord
Sur le compte, et qu'on est retord
Pour disputer; c'est un usage
Qui, brochant sur tout le tapage,
Rend par son infaillible effet
Le brouhaha plus que complet.

CHANT III

CHACUN s'amuse à sa manière
Et languit sorti de sa sphère.
Certain ordre dans le plaisir
Paroît au peuple l'affoiblir.
Pour que soit riante une fête,
Il faut qu'il crie et qu'il tempête :
Le bacchanal et le fracas
Dans lequel il prend ses ébats
Sont vraiment dans son caractère :
C'est là qu'il se donne carrière ;
Tout autre seroit ahuri
Dans ce bruyant charivari.

Les rigaudons, les contredanses,
Des gens ivres les conférences,
Forment un tumulte infernal
Qui du diable est le tribunal.

C'est sauts, mornifles et gambades,

Beuglement, gueulée, embrassades,
Querelle et raccommodemens,
Gros mots, comiques complimens,
Chansons, cris à rompre la tête ;
Sans quoi seroit triste la fête.

Là-bas, du manche d'un couteau
Un manant se fait un marteau
Pour qu'on lui rapporte chopine,
Et dire : *Un diable t'extermine.*

Plus loin, c'est la pinte d'étain
Qu'on secoue à force de main,
Et dont le bruit par son couvercle
Des buveurs ranime le cercle.
Celui-ci fouette pots et plats,
Sitôt qu'ils sont vides, à bas.

Celui-là jure pour un verre
Qu'il a laissé tomber par terre.

Cet autre de voix fait assaut
Pour faire apporter un réchaud.

L'autre arrive avec sa frigousse
Dont en passant il éclabousse.

Celui-ci crie et sacre net,
Trouvant dans un œuf un poulet.

Celle-ci, malpropre et maussade,

Des mains retourne sa salade.

   Plus loin, c'est la part du fricot
Où nul ne se montre manchot.

   Ici l'enfant qui dégobille,
Là le père saoul qui roupille.

A chaque coup chaque santé,
L'un est par l'autre riposté.

   Celui-là croit faire merveille,
En beuglant, d'écorcher l'oreille.

   Dans un coin c'est un racoleur
Qui bavarde gloire et valeur,
Cherchant à grossir sa recrue
De quelques sots de la cohue.

   Là des ris les perçans éclats
Joints au tintamarre des plats.

   Ce sont ensuite des taloches
Par poings qui valent des mailloches.

   On ricane, on se fâche après.
Puis on s'agonise en relais.
Chacun s'engage dans l'affaire;
De l'autre, l'un veut le contraire,
Et bientôt ce léger débat
Finit par un sanglant combat.
Du gueuleton les tristes suites

Font un vrai festin de Lapithes,
Où l'on prouve, cas échéant,
Qu'en gnolles on vaut un géant.
Bientôt, au défaut de flamberges,
Volent les papillons d'auberges ;
On s'accueille à grands coups de poing
Sur le nez et sur le groin.

   De là l'on saute à la crinière,
Et par devant et par derrière.

   Sitôt que la brave Fanchon
Voit aux prises son greluchon,
Elle vous prend à la cravate
Le beau mignon qui de sa patte
Cajole l'objet de ses vœux,
Dont il n'est, lui, brin amoureux.

   A son tour une harengère,
Voyant qu'on torche son compère
Qui de plus lui sert de bardot,
Vous paraphe de son ergot
Le museau de la demoiselle
Qui se mêle de la querelle.
« Rengaine ça, meuble à carcan,
Quitte, et nous montre ton cadran. »
Mais Fanchon, qui n'est brin peureuse,

Se retourne et saisit la gueuse,
A qui dans les dents son poignet
Au même instant sert de hochet.
Aussitôt griffes à la face,
Cheveux épars comme filasse,
Nez déchirés, tetons meurtris,
Œil poché, fronts de coups noircis,
Bonnets, mouchoirs, coiffes à terre,
Sur quoi l'on roule son derrière.
Dans tout ce belliqueux fracas,
Que voit-on? que ne voit-on pas?
Tant y a qu'on voit des chemises,
A toutes deux courtes et grises,
Qui jarret, cuisse, et *celera,*
Montrent, et le *nec plus ultra.*

On sépare enfin les deux braves,
Qui, plus rouges que betteraves,
Se rajustant l'escophion,
Viennent à l'explication,
Comme en ce cas il est d'usage
Pour faire le rapatriage.
Ensemble déjà les mignons
Ont bu paires et compagnons.
   L'un l'autre s'embrasse et s'estime

D'être courageux à l'escrime,
Laissant le champ pour s'exercer
Libre à qui veut recommencer.
On sait assez qu'aux écuelles
Les gueux finissent leurs querelles,
Qu'une fois quand les spadassins
Se sont montrés en paladins
Bons à se tirer aile ou plume,
De boire ensemble ils ont coutume.
Aussi nos premiers combattans
L'ont-ils fait sans perdre de temps.
C'est maintenant à nos commères,
En gazons rudes ouvrières,
A suivre la règle et les lois
Que se sont faites leurs grivois.

    Ce n'est au fond que bagatelle,
D'amour une simple étincelle,
Dont sur les nez l'explosion
A mis par trop d'expression.
Aussi de chenu survient pinte,
Au fond de laquelle est l'empreinte
De cette inaltérable paix
Que l'on se jure pour jamais.
Pour ne pas paroître bégueule,

Le beau sexe lave sa gueule,
Et pitanche tout aussi sec
Que si c'étoit du romestec.
Il est de règle que la prose
Coule à fond du combat la cause,
Que par un prolixe récit,
En gros mots, jurons, érudit,
On héroïse ses prouesses
En coups de toutes les espèces,
Et qu'on veuille presque tout cœur
Faire exemple de l'agresseur.

Mais assez la salle en alarme
A frémi de tout le vacarme;
Il est des douceurs au repos
Que peuvent goûter les héros.

Déjà le fripon d'amour trotte,
Et les minois, quoique en compote,
Inspirent d'infidèles feux
A nos deux paires d'amoureux.

Le carnage donne à Bellone
Certain air et mine friponne
Que les belles trouvent à Mars
Au milieu de ses étendards.

Telles en baffres et riolles

Se sont, fichant force torgnoles,
Fait égratigner le museau
Pour revancher leur damoiseau,
Qui, prises soudain de beaux tendres,
Lèchent après les Alexandres
Qui vous leur ont, en forcenés,
Des deux poings patiné le nez.
Chacun mon goût, c'est maladie,
Ou, si l'on veut, c'est fantaisie;
Peut-être est-ce conviction
Des effets de l'attraction ;
Mais enfin, quoi que ce puisse être,
A leur maintien on peut connoître
Que les athlètes, dans ce cas,
Point n'en souffriront le trépas.

   L'une raffute sa chaussure,
L'autre tripote sa coiffure;
On s'entr'aide à se rajuster
Pour aller à son tour sauter
Et danser une contredanse
En forme de réjouissance.

   Compère de prendre Fanchon,
Harengère le greluchon,
Puis brusquement percer la foule

Où l'une grise, l'autre saoule,
Semblent crier, arrivant là :
« Faites-nous place, nous voilà. »
  Comme l'on dit qui se ressemble
Assez communément s'assemble,
Deux luronnes et leurs amans,
Comme elles mauvais garnemens,
Arrivent pour se joindre aux autres,
N'étant guère meilleurs apôtres.
  Une Javotte, une Fanchon,
Une Nicole, une Suzon,
Le grand Bastien, le fort Jérôme,
Le gros Charlot et le Guillaume,
Sont les huit qui prétendent net
Avoir à leurs ordres l'archet,
Mais qui figureroient peut-être,
Mieux qu'à ce ballet, à Bicêtre,
Où la police les tiendroit
Sans quelque injuste passe-droit.
  D'autres, qui gardoient là leur place,
En font bien un peu la grimace,
Mais pas un ne souffle le mot
Devant les maîtres du tripot.
  Ce sont des chiens qui se manient,

Qui jurent, frappent, estropient,
Plus proprement que grenadiers
Satisfaisant leurs créanciers.
Eût beau fait voir que sans querelle
Pour la danse chaque femelle
Eût été d'un commun accord :
C'eût vraiment été pis qu'un sort.
Aussi les voit-on toutes quatre
Sur le choix prêtes à se battre.

    Les instrumens, de leurs côtés,
De trop attendre rebutés,
En gens à talens qu'on ballotte,
Mettent bas l'outil à gavotte,
Et prétendent qu'il leur est dû
Le double pour le temps perdu.
Mais Jérôme, d'impatience,
Comme un dogue au taureau, s'avance,
Et, finissant le carillon,
Décide pour un cotillon ;
Puis poliment, mais sans supplique,
Il prend au collet la musique,
A laquelle sur le groin
Il offre de graver son poing.
A cette manière engageante

La symphonie est complaisante,
Et remonte sur l'escabeau
·Pour y racler tout de nouveau.

En rond déjà l'on se trémousse,
On va par bonds et par secousse.
Un peu moins légers que zéphyr,
Nos huit diables font retentir
Vitres et planchers de la salle
Par sauts pesans que rien n'égale
Pêle-mêle, confusément,
On s'entrelace brusquement.
Contorsions, force embrassades,
A tour de bras vives saccades,
Rapides tours sur les talons,
Apostrophes aux violons,
Peignent au vrai la grosse joie
Dans laquelle leur cœur se noie.

CHANT IV

L E costume de nos acteurs
Affiche en plein des riboteurs,
Dont le propos, l'air et l'ensemble
A ceux des chenapans ressemble.
Les filles ont les yeux hagards,
Les chignons en partie épars,
En gros cramoisi le visage,
Épaule et gorge en étalage,
La coiffe et bonnet de travers,
De coquines gestes divers,
Le jupon, à la débandade,
Se levant à chaque gambade,
Jambe de çà, jambe de là ;
Ajoutez encore à cela
Les sales propos de toupies
Dans toutes débauches croupies,
Comme quatre margots gros cul,

Chacune au cinquième d'écu.

De feutres engeancés d'audaces
Les garçons affublent leurs faces;
Poitrail et ventre débraillés,
De sueur et vin barbouillés,
Sur le poing levant leurs commères
Et, montrant parfois leurs derrières,
En font les honneurs au public,
Qui de fermer l'œil n'a le tic.

A chaque cuisse découverte,
Soudain il se fait une alerte
De ris, de battemens de main,
Qui leur servent de boute-en-train.

Des gueules de nos dulcinées
Sortent haleines envinées,
Portant sous le nez des galans,
A riposter maîtres chalans.
A l'aise on rote, on pète, on vesse,
Sans offenser la politesse,
Qui chez eux trouveroit mauvais
Qu'on y regardât de si près.

De puanteur une atmosphère
De pied, d'aisselle et de derrière,
S'exhale aux nez des spectateurs,

Peu délicats sur les odeurs.

Bien que gauchement la morale
Ici paroisse avec scandale,
Il n'en est pas moins vrai pourtant
Qu'il n'est point de bonheur constant.
Au temps serein et sans nuage
Succède bien souvent l'orage;
Tous les jours un heureux destin
Se change du soir au matin.
Tel aujourd'hui plein d'allégresse
Passe demain à la tristesse.
Ton sort est, malheureux mortel,
Sujet aux lois de l'Éternel,
Qui pour le mieux de tout dispose
Et défend surtout qu'on en glose.

Grosse gaîté, transports bruyans,
Ris portefaix, cris attrayans,
Vous subirez la loi commune
Qui soumet tout à l'infortune.

Le désordre chez le plaisir
Entre en maître et le fait périr.
C'est ce qu'à la fin de la danse
Fait éprouver certaine engeance
De crocs, racoleurs, épétiers,

Dans les gardes francs estafiers,
Qui, la cocarde sur l'oreille,
Croyent, entrant, faire merveille
D'apostropher tous de complot
Les honnêtes gens du tripot.

Il est vrai que la jalousie
Fait les frais de la frénésie,
Que chacun sur chaque catin
Eut jadis des droits de cousin.
Partant on pousse, l'on coudoie,
On turlupine, l'on aboie,
On fait et double et triple appel
Qui devient guet-apens formel.
Héros tant anciens que modernes,
Tigres, lions dans vos cavernes,
Vous n'êtes tous que des agneaux
En comparaison des farauds
Que je vais mettre sur la scène,
Non toutefois sans perdre haleine.

Auprès de tant de valeureux,
Qu'étoient les sept braves ou preux
Qui devant Thèbes, d'importance,
Se fichèrent, dit-on, la gance?
Qu'on les compare à nos héros,

Ils ne sont plus que des zéros.

C'est ici que gars liche en pogne
Se montre plus méchant que rogne ;
Que Fanchon, alerte au combat,
S'exerce et prime au pugilat ;
Que le grenadier sur la hanche
De dessous son bras sort sa planche,
Et la raiguise sur le nez
Des chiens les plus déterminés ;

Que le boucher, de sa badine,
Renverse, casse, brise, échine,
Ni plus ni moins qu'un vrai lutin,
Ce qui se trouve en son chemin ;
Que le fort de la halle en grogne
Du pied d'un banc cogne et recogne
La gueule aux messieurs imprudens
Qui veulent lui montrer les dents ;
Que les Suzons, que les Javottes,
Bien que ne portant des culottes,
Savent chaudement se torcher
Et comme hussards escarmoucher.
Mais, quoique dans l'histoire l'ordre
Donne un peu de fil à retordre,
Néanmoins il en faut aux faits

Qu'on veut consacrer à jamais.

Jolicœur de la colonelle,

Agresseur dans cette querelle,

Fer-en-grippe le grenadier,

Par état fameux estafier,

Saint-Jean, marchand de chair humaine,

Qui pour non ou pour oui dégaine,

De maître en fait d'arme un prévôt,

De taudis reconnu suppôt,

Sont ceux par lesquels est troublée

Pour lors la brillante assemblée.

Jadis de Fanchon Jolicœur

Étoit amant et souteneur ;

Le grenadier avec Javotte

Autrefois faisoit la ribote ;

Saint-Jean de même pour Suzon

Se sentit plus chaud qu'un tison,

Et le prévôt pour la riole

Corrigeoit le thème à Nicole.

Ne faut de plus graves sujets

Pour faire les coupe-jarrets,

Après quoi rien du tout n'arrête

Quelque attouchement déshonnête.

Jolicœur insulte Fanchon

Devant son nouveau greluchon,
Et sa main par trop indiscrète
Lui tire en tournant la cornette.
« Attends-moi, dix-sept fois vilain :
N'étoit peur de salir ma main
Ou de te rajuster la mine,
Je t'apprendrions comme on badine.
Visage à rendre un lavement,
Face à donner le dévoîment,
Doyen des enfans de Bicêtre,
Meuble à jeter par la fenêtre,
Pratique à Charlot Casse-bras,
Voleur de perruque à Judas,
Sale et puant morceau d'étape
A dégobiller sur la nappe,
Locataire du Châtelet,
Qui sur l'épaule a le cachet. »
   Jolicœur, piqué, développe
Son sottisier sur la salope,
Puis de taloches l'assaillir.
Elle d'un soufflet repartir ;
Ce que voyant le fort Jérôme,
En gnoles mauvais économe,
Il s'élance sur Jolicœur,

Qu'il vous étrangle avec honneur;
Mais au même instant Fer-en-grippe,
Grinçant les dents, mordant sa lippe,
Jure, sacre, et, le sabre au vent,
Fait voir qu'il est un fier vivant.

 A sa planche il n'est rien qui tienne;
Pour le sang, c'est pis qu'une hyène.
 Jolicœur, enfin dégagé,
Attaque comme un enragé;
Il écarte au loin homme et femme
Du seul moulinet de sa lame.

 Le prévôt et le racoleur,
Tous deux avec égale ardeur,
Percent jusqu'à leurs camarades
Par de fréquentes estocades.
Tous les quatre, acculés au mur,
Sont de toute surprise au sûr.
Verres, pots, plats, assiettes, pintes,
Leur portent de rudes atteintes;
Tous les meubles du cabaret,
Jusqu'au moindre manche à balet,
Trottent en l'air drus comme mouches
A ces dangereux escarmouches.
Charlot et Bastien rabat-joie,

Accoutumés à tirer l'oie,
S'arment de bâtons courts et gros
Qu'ils lancent, non comme manchots,
Contre sabre et contre flamberge,
Faussés des meubles de l'auberge.

    Ventru, voyant tout son butin
D'être brisé prendre le train,
Que d'ailleurs chacun comme fauve
A grands pas démurge et se sauve,
Les mains non vides toutefois,
Ce qui lui rend le cœur pantois;
Sachant encor qu'une harangue
S'arrange bien mieux sur la langue
Quand on est vêtu joliment
Que lorsqu'on l'est malproprement,
Et qu'il est de la politesse
De couvrir dos et ventre et fesse,
Quand aussi grave qu'un syndic
On alloque tout un public;
Pour ne point se montrer en pleutre,
Il couvre sa tête d'un feutre,
Met bas et bonnet et torchon,
Et, comme un monsieur à michon,
Prend bravement habit et veste,

Dans lesquels il a l'air tout leste.

Le proverbe n'est pas nouveau,
Mais la plume pare l'oiseau.

Plus fier qu'un juge de police
Sur les halles en exercice,
Ou qu'un bailli que le client
Ne regarde qu'en suppliant,
Il s'avance dans ce vacarme
Où tout le monde est en alarme,
Et veut, mais avec dignité,
Interposer l'autorité
D'un maître de maison honnête
Dans laquelle on trouble la fête.

« Hé! Messieurs, dit-il, quel excès!
Ne peut-on s'étrangler en paix?
Voyez-vous que le bacchanale
Fait déserter toute ma salle?

« Faut-il, pour vous assassiner,
A mes meubles vous acharner? »
Il fait son humble remontrance,
Jérémiade et doléance,
Sur tout le dégât déjà fait,
Qu'il leur répète à grand regret,
Et tant seulement pour la forme

Qui veut qu'à l'us on se conforme.
Mais, sentant que, peu circonspect,
On va lui perdre le respect,
Et que par plus d'une secousse
On se le pousse et le repousse,
Qu'il a déjà quelques enjeux
Que de rendre il est dangereux,
Qu'il fait moins chaud à sa cuisine
Qu'à ce combat où l'on s'échine,
Qu'enfin à sa péroraison
On riposte par un gazon,
Et que les femmes en furie
Se prennent à la friperie,
En Ulysse sage et prudent,
Des Circés craignant l'ascendant,
Il quitte adroitement la place
Sans oser faire la grimace ;
Mais à peine hors de ce danger,
Les laissant entre eux s'égorger,
L'œil troublé, la mine hagarde,
Soudain il va chercher la garde.

CHANT V

Messieurs, des gens dans ma maison
N'entendent rime ni raison.
Certain grenadier Fer-en-grippe,
Un Jolicœur qui tout étripe,
Avec un autre ferrailleur,
Et puis un Saint-Jean racoleur,
Se sont pris aux forts de la halle,
Tous chiens plus méchans que la gale,
Qui, n'ayant sabre à leurs côtés,
Sur mes meubles se sont jetés,
Pour leur lancer à toute éreinte;
Je viens vous en porter ma plainte.
Ils en seront, les forcenés,
Quittes pour être trépanés;
Mais moi j'ai déjà, je le jure,

Pour plus de cent sols de fracture,
Qu'il faut, avant de fouiner,
Qu'ils soient contraints·de me donner. »
   Ce dit, Ventru dans son auberge
Retourne non moins droit qu'un cierge.
La garde marche sur ses pas,
Entre, et met ordre à ce fracas.
   Au milieu des cris, des alarmes,
Elle se fait rendre les armes,
Serre de près les tapageurs,
Et cherche, à travers les rumeurs,
A démêler dans cette affaire,
Du bourgeois ou du militaire,
Ouï de chacun d'eux l'rapport,
Qui peut avoir eu premier tort.
   On n'entend plus que gens se plaindre,
Que blessés lamenter et geindre.
Éteinte une fois la fureur,
On ressent après la douleur.
Force gens dans cette bataille,
Comme fait toujours la canaille,
S'étant imprudemment fourrés,
En étoient sortis balafrés.
   L'une a le visage en compote,

L'autre montre qu'elle est manchote.
Celui-ci, le nez lui pendant,
Clabaude de son accident ;
Celui-là sans une merveille
Ne peut réchapper son oreille ;
Les quatre ferrailleurs meurtris,
De n'en avoir pis fait marris,
Font voir, par les meubles de l'hôte,
Que de ces gueux ce n'est la faute
Si, d'après leurs communs efforts,
Sous tant de coups ils ne sont morts.

    De là prend acte l'aubergiste
Pour donner à l'instant la liste
Du montant des effets cassés
Sur la figure des blessés,
Et conclut à ce que la somme,
Se montant à dix sols par homme,
Et pour les femmes à cinq sols,
Ce qui fait six francs entre eux tous,
Lui soit payée au préalable
En argent ou gage valable.
Mais aucun n'est de cet avis :
Mieux aimeroit-on être occis.

    Le bourgeois veut que le dommage

Soit, comme il est assez d'usage,
Aux dépens du seul agresseur,
Qu'il assure être Jolicœur.
Lui se défend comme un beau diable
Qui veut bien être redoutable,
Couper, tailler jambes et bras,
Mais n'être après dans l'embarras.

    Le sergent, homme droit et sage,
Du juste Salomon l'image,
Après un inutile essai
Pour pouvoir découvrir le vrai,
Choisit des quatre une coquine
Pour remonter à l'origine
De la querelle en raccourci,
Où tout est confus jusqu'ici.
C'est justement Fanchon la saoule,
Qui depuis longtemps se dégroule,
Sur laquelle il jette les yeux :
Auroit-il pu s'adresser mieux ?

    Fanchon, que la faveur notoire
Rend comme hydropique de gloire,
Tousse, crache, éternue, et plus,
Puis fait le *quoniam bonus*.

    « Pour entrer donc dans la maquière,

Les Porcherons.   7

Laissant tout' feintise en arrière,
J'vais vous conter à l'ingénu
Au pu fin droit comm' c'ez avenu.
Tout à la fin d'un'n contredanse
Où j'sautions tous et d'importance,
Sont entrés ces quate chnapans,
S'gaussant entre eux, f'sant les pinpans,
Tout comm' farauds dont la raguelle
A leur cul sert de sentinelle.
De ce dos vart de Jolicœur
Le ton fanfaron et gouailleur
Tout drès l'abord m'a fait comprendre
Qu'i voulions faire queut esclandre :
C'est la coutum' de ces escrocs,
De ces tapageurs et ces crocs.
Au grand rond ç'gueux-là par derrière
M'a cajolée à sa magnière,
Tout en m'tiraillant le bonnet
Qu'il me vouloit fairr sauter net.
Voiez, Monsieur, c'est-is honnête
Q'd'aller prendre un'n fill' par la tête ?
Moi, tre-dame, d'li riposter,
Et d'un fier goût, sans trop m'vanter.
Tout à ma mode j'ons, quoiqu'fille,

Mis son cadavre en souguenille.
Il m'a dégueulé des gros mots,
M'a dit comm' ça, dans ses propos,
Qu'autt fois j'ont été sa toupie.
Quand bin même, est-c' donc bail à vie,
Guerdin? si du passé j'la fus,
C'est la raison qu'je n'la sis pus.
Vlà-ti pas, ma chiere, un beau moule
Pour n'en être pas d'abord saoule?
L'archi-gueux, d'colère tremblant,
M'a fiché sitôt un amplant;
C'que voiant d'ses deux yeux l'copere,
Qui, quoiqu' n'allant pat à la guerre,
A deux petits poingts qui n'sont pas laids,
Pour quand il veut s'magnier en r'lais,
Au sifflet sitôt il l'empogne,
Et d'ses deux pattes sur la trogne,
Sur la mâchoire et sur les dents,
Vous l'i bat la m'sure à deux temps.
Mais n'vlà-t-il pas donc que Fer-en-grippe,
Ce vilain soutneur à guénippe,
Pouss-cul, records de Belzébuth,
Puant alambic à scorbut,
Aveuc son tranchet escarmouche,

Tout en f'sant d's'abreuvoir à mouche.

« L'Jérôme, enfin contraint d'lâcher
L'poulet qu'il vouloit remoucher,
Agrippe s'qui sous sa main s'trouve,
Et, plus furieux qu'une louve,
S'met aux trouss de mes quat grivois
Tout ainsi qu'aux poulls fait l'putois.
Chenets, pincettes, pelle et broche,
Chacun de nous à tout s'accroche.

« Si j'ons fiché queutes gazons,
J'en ont aussi reçus de bons :
Chacun n'a qu'à licher sa plaie,
N'en est plus ni moins à qui braie.
Il m'est avis moi qu'l'engraisseur
Doit paier les frais de s'malheur. »
Le feu du discours désenivre
Fanchon pérorant comme un livre.
La garde, à ce détail fécond,
Juge et prononce sur le fond ;
Ordonnant que, dans ce tapage,
Par Jolicœur frais et dommage,
Comme pots, plats, pintes cassés,
A Ventru seront remboursés.
Ce dit, il faut que la vaisselle

Sorte soudain de l'escarcelle :
Aussi fait-on, non sans jurer,
Menacer, pester et sacrer.
Les six francs donnés, on emmène,
De peur de nouvelle fredaine,
Nos quatre gars en pelotons,
Tout aussi doux que des moutons.

   Les violons, dans la dispute,
Étoient partis pour qu'à la lutte
Leurs instrumens ne fussent pas
Les victimes des fiers-à-bras.

   Mais, sitôt que tout est tranquille,
Ils se présentent à la file,
Répétant à chacun les frais
Des cotillons et menuets.

   En débats un propos prolixe
Entraîneroit nouvelle rixe,
Si tant de belliqueux travaux
N'en défendoient pas de nouveaux.
Quoiqu'à grand regret on liarde,
De peur du retour de la garde,
Par qui l'ivre ménétrier
Dit qu'il va se faire payer.

   On sait que, comme la colère,

La valeur sans relâche altère,
Et qu'il faut bien qu'avec le vin
La baffre aille encore son train.
Aussi le Charlot et Javotte,
A marchander qui n'est brin sotte,
S'en vont faire un tour au comptoir,
Et choisissent sur le dressoir,
Entre autres morceaux, une éclanche,
Et de bœuf en daube une tranche,
Font prix, l'emportent, et soudain
Se font suivre de force vin.
    Malheureusement l'aubergiste,
En paîment très grand formaliste,
Sorti pour un besoin urgent,
N'avoit pu demander l'argent.
Le nez sur le rôt, le Jérôme
Dit : « Sarpégué, l'odeur m'embaume ;
Avons-je assez ici d'pivois ?
Car, quand j'devrions tous de guingois,
Nous fichant par terre à-croix-pile,
Retourner et gagner la ville
En bons paroissiens d'Saint-Jean-l'-Rond
Revenant d'fêter leur patron,
Nous faut pitancher tant qu'la gueule

Fasse en renâclant la bégueule.

— Pour quant à l'égard de s'qu'est d'çà,
Premièrement, d'abord, déjà
J'y consens, moi, répond l'Guillaume,
J'sis pus gay que l'roi d'un royaume,
Tout drès l'instant qui va d'l'honneur
Comme un aute de m'laver l'cœur;
J'sis bin sûr qu'Nicole et Javotte
Sçauront s'mette itou dans la crotte,
A cell' fin qu' tous ensemblement
Je rentrions honnêtrement.
Pour Fanchon c'est pis qu'n'n peinture,
Qui dit n'avoir jamais voiture :
On sait qu'pour empaffer Suzon
L'i faut du rogom à foison. »
Ce dit, on se verse rasade,
De boire sec on fait parade.
Pour tordre, avaler les morceaux,
Ne leur est besoin de couteaux;
Le maître inquiet tourne, rôde;
A part lui, tout bas il ravaude;
Mais les coquins à sa santé
Lampent avec honnêteté.

Au commencement les donzelles

Pour boire font les péronnelles,
Puis, après les six premiers coups,
A leurs grivois rivent les clous.
On rit, on se piffe, on se gave,
On fait retourner à la cave,
A quoi plus ne tenant, Ventru
Se présente d'un air bourru,
Et les somme, en vrai rabat-joie,
De lui bailler de la monnoie;
Mais le Bastien enluminé
Prétend n'être point chicané.
« Sarpégué, lui dit-il, nôte hôte,
Si j'avons soif, est-s donc not'faute?
Vlà-t-il pas un bel entregent
Que d'nous demander de l'argent?
N'a-vous donc pas peur qu'en déroute
J'allions vous faire banqueroute?
— Eh! quand j'n'aurions pas du poussier,
Dit Fanchon d'un air grimacier,
N'ons-je pas des joyaux à revendre,
Visage à mettre à la calandre?
Croit-il pas qu'ons est d'saffronteurs
Comme d'aucuns qui g'nat ailleurs! »
Mais Ventru, plus dur qu'une enclume,

A demander son dû s'enrhume,
Et, de vin faisant net refus,
Défend qu'on en apporte plus.

CHANT VI

A NOTRE dam nous savons d'Ève
Que du fruit défendu la sève
De tout temps piqua le désir,
Que souvent suit le repentir.
Aussi les chalans en haleine,
A l'exemple du vieux Silène,
Voulant boire sur nouveaux frais
Et faire avec l'hôte la paix,
Se font soudain donner le compte,
Qu'ils prennent d'abord pour un conte ;
Mais, d'après un détail exact
Où le maître paroît intact,
Ils connoissent que la dépensê
De beaucoup passe la finance
Qu'ils peuvent ramasser entre eux,
Ce qui les rend un peu péneux.
   On se consulte, on se concerte.

Fanchon, à se résoudre alerte,
Se lève, et leur dit : « Qu'eu chien d'train !
N'avons-j' pas d'quoi l'i mette en main ?
Faute du marle on prend la grive,
Pus grand mal après tout n'arrive ;
Mais n'faut pas s'noyer stenpendant
Pour le malheur de st'accidant. »

   Elle dit, et, de l'hirondelle
Prenant le vol à tire-d'aile,
Pour trois minutes elle sort,
Et revient avec un renfort
Propre à tirer du labyrinthe
Gens qui ne respirent que pinte.
Chacun, chantant gaudeamus,
A sa façon dit des rébus
En l'honneur de la Providence
Qui vient d'envoyer la pitance.

   Bastien assure que Ventru
De Fanchon doit être féru,
Qu'elle a pour ce rapatriage
Fait tâter au chat son fromage.

   Charlot, qui sait son pain manger,
Répond : « Bastien, g'na pas d'danger !
Mais j'apparçois la manigance

Qui nous vaut l' bonheur de s'te chance :

« Judas trafiqua not Seigneur.

Tout comm' l'i, pour laver not cœur,

S'tell ci vous l'aura mis en gage,

Ou, si s'n'est l'i, c'est son image ;

Oui, j'pari qu'alle a mit en plan

Son crucifix et son coulant. »

Sitôt chacun s'inventorie

Et dépouille sa friperie :

La Nicole ôte son clavier,

Suzon déboucle son soulier ;

Pour Javotte, par galantise,

Elle veut ôter sa chemise :

Dans ce vertigo saugrenu,

Tous veulent se mettre cul nu.

Un beau procédé dans la crotte

Échauffe l'âme et ravigote ;

Sur le fumier sale, un brillant

N'en rend qu'un feu plus pétillant :

Aussi, Fanchon, qui s'exécute,

Et qui termine la dispute

Qu'on avoit eu pour les noyaux,

Mettant en presse ses joyaux,

En acquiert un nouveau mérite

Qui pour ses beaux yeux sollicite
Jérôme, son nouveau galant,
Qu'elle juge avoir du talent.
 Il faut, pour plus d'intelligence,
Se rappeler en souvenance
Que Jérôme est le compagnon
Lequel patinoit le mignon
De Fanchon qui dans la bataille
Tantôt vint, et qu'en représaille,
Nicole aussi dans ses atours
De Jérôme vint au secours.
Il étoit pour lors à Nicole,
Fanchon de Guillaume étoit folle ;
Mais, du depuis ce premier choc,
Les commères ont fait un troc.
Fanchon s'est prise de Jérôme,
Nicole à son tour de Guillaume.
Il ne faut qu'un poing sur le nez
Pour rendre des cœurs fortunés.
 D'amoureux il est une classe
Dont la torgnole a tant de grâce
Qu'une beauté fière se rend
Aux gourmades du conquérant.
 Les douceureuses courtoisies,

Les délicates jalousies,
Avec leur ennuyeuse cour,
Font tomber en chartre l'amour.
　Sentimens de délicatesse
Qui ne psalmodiez que tendresse,
Qui ne jouez que soins, qu'égards,
Dont tous les propos sont mignards,
Apprenez, par un cours de halle
Où le brusque désir s'exhale,
Qu'on n'y traite point les Chloris
Comme l'on fait sous les lambris,
Et qu'en amour nul n'y rachète
Par ses fadeurs aucune dette.
De son bon trait Fanchon jouit
Et met Jérôme en appétit.
　Nicole, à son tour, vous empaume
Par ses façons l'ami Guillaume.
　De tacites conventions
Autorisent leurs passions;
Point d'humeur, point de jalousie,
C'est affaire de fantaisie :
Quitte à quitte, on en veut tâter,
Le goût parfois veut brocanter.
Il faudroit encor que Javotte

Avec le Bastien se pelote
Pour qu'également son Charlot
Devînt de Suzon le ballot.
Les amans feroient la navette,
Et ce seroit noce complète.

Mais, le jour venant à baisser,
Chacun, gros de se caresser,
Convient, tout en buvant la goutte,
Qu'il est temps de se mettre en route.
« A vot santé, Mamzell Fanchon,
Dit Jérôme tout folichon,
M'est avis qu'c'est à sa patronne
Qu'on boit quand c'est à vot parsonne.

— Monsieur Jérôme est tout adroit
Quant à l'envers de mon endroit.
De d'viser j'nons le startagême,
Mais j'ruminons, c'est tout fin d'même,
Tout comm l'i j'n'avisons pas moins
Pour n'avoir la parole aux poingts.

— Mamzell, je l'sçais, l'parlementage
N'est déjà pat un p'tit gagnage
Sur un'n fill qu'on pousse en avant;
Mais l'y faus autt chos' que du vent :
Lorsque cheux elle ons a pris place,

Et qu'on viens à l'i batte un'n chasse,
All trouve aveu raison vilain
D'la laisser quans alle ès en train.
  — Jérôm', tous les fringans d'la halle,
Sauf respect, ont chié à ma malle ;
Faut voir comme, écossant nos poix,
J'bavons su l'propos des grivois :
Si s'échapons, quoiqu' fort humide,
Du poingt j'savons les t'nir en bride,
Qu'si j'aimons queut-z-uns, tout au r'bours,
Faut qu'il galope à nôt secours :
J'ons près d'li, tout comm dans les fievres,
La voix dans l'cu, l'cœur sur les levres. »
  Bastien, que la belle ébaubit,
Dit : « Sarpégué ! qu'elle a d'l'esprit !
— Et Jérôme itout, s'fait Javotte,
Mieux qu'un prédicateur jabote.
— Excusez, Mamzell, si j'somm's courts ;
J'ons pardu l'cordiau d'nott discours »,
Dit Jérôme à sa dulcinée,
Qui répond en fille bien née,
Compatissante aux accidens :
« Jérôme, j'vous f'rons rentrer d'dans,
Mais il faura que c'sois en ville,

A cell fin qu'on soit pus tranquille.
Sous l'nez du monde un'n fill d'honneur
N'veut pas qu'on l'i ouvre son cœur.
— J'sis, répond Jérôme, un chien d'tête
Pour quand au r'gard de s'quès honnête :
Sans m'vanter, j'savons la façon
Dont s'y prens un joli garçon
Au vis-à-vis d'un'n demoiselle
Pour communiqués aveucs'elle.
Tout à l'avenant d' ç'qu'a fait voir,
On l'i dit bonjour ou bonsoir.
Si d'amans l'i faus une clique,
Sarviteur, on l'i dit barnique ;
Si seul ons a ses amiquiés,
On l'aime itou d'la tête aux pieds.
Un'n fill met rud'ment dans la peine
Quand son cœur court la pertentaine ;
Drès qu'al fait comm le parpillon,
Al vous met l'âme au court bouillon. »

    Pendant cette naïve prose
Sur laquelle, à part, chacun glose,
Vient enfin le temps de partir
Pour aller chez soi se tapir.

    Ventru, le vin dans ta taverne,

Pour l'ivrogne, vaut le falerne.
Ta salle est un parfait taudis,
Véritable égout de Paris,
Où se rendent crocs et coquines,
Goujats, ribauds et gourgandines.
De crapule on y fait assaut,
On s'y soûle comme pataut;
Ordure, querelle, équipée,
Sale et dégoûtante lippée,
Tout s'y trouve; on danse, on s'y bat;
De possédé c'est un sabbat,
Où l'amour en pleine licence
Se contente avec impudence.

　　Nos soulauds voudroient bien jamais
N'en sortir, et s'y fixer; mais
« Il n'est si bonne compagnie
Qu'à quitter le temps ne convie »,
Disoit, au rapport des anciens,
Le roi Dagobert à ses chiens.
Déjà, loin de notre hémisphère
Parcourant l'immense carrière,
Le soleil va dans d'autres lieux
De ses rayons lancer les feux;
Et déjà de sa pompe obscure

La nuit obombre la nature.
Les chouettes et les hiboux
Vont bientôt sortir de leurs trous ;
Déjà défile la canaille
Envinée autant que futaille.
Il est temps, héros du salon,
Que debout vous cherchiez l'aplomb
Pour faire ferme au vent arrière
Qui fait tomber le nez par terre.
   On se lève, quoiqu'à regret.
« Mais, dit Charlot. garçon discret,
Çà, faut pourtant voir comm je sommes :
C'nest pas l'tout q'du suc su les pommes,
J'devont à Fanchon un chicot
Qu'alle a répondu d' soubrécôt,
Ou son crucifix si ç'nès elle,
Et par ainsi faut qu'on l'rappelle
Pour à cell fin q'drès qu'al voudra
On l'i rende quans on pourra. »
Guillaume, qui mieux qu'un barême
Sur ses doigts sait faire son thème,
Dit, parlant comme un Cicéron :
« Faut pas tant d'beur pour un quartron.
Il restoit d'la première anquienne

Quatt francs deux sols, qu'il m'en souvienne,
Et puis treize peinte à six sols :
C'est, pour tout, huit francs entre nous.
A huit que j'sommes, j'sis un'n bête
Si ça n'fait pas vingt sols par tête,
Dont auquel Fanchon n'risque pas
Qu'on la laisse dans l'embarras. »
    A chacun d'eux on entend dire :
« Morgué, comm sans sçavoir escrire,
Tout d'un coup, mieux qu'un carculeux,
Guillaumm voit qu'un et zun font deux !
Queux rudd chemin dans la finance,
Si d'pleume il avoit queut usance !
J'pari qu'en dix ans, sans micmac,
Tout d'suite on vous l'fait gardd-tabac. »
Tout en causant on s'achemine
Vers la porte et dans la cuisine,
Où l'on entte pour arrêter
Ce qui de dû pourra rester.

CHANT VII

COMPTE fait, on se met en route,
On court, on saute, somme toute,
L'air saisit, on en sent l'effet ;
Du mouvement le ricochet
Porté la fumée aux cervelles :
Le cœur en tourne, et les mam'selles,
Ainsi que messieurs leurs beaux-fils,
Sont en plein dans le margouillis.
Fanchon bégaye, et sur sa langue
S'empâte la tendre harangue ;
Son Jérôme, à certain hoquet,
Prévoit bien que le robinet
Va se lâcher, et que la bonde
Partira comme un coup de fronde,
Pour alléger un estomac
Dont le vin remplit trop le sac.

Galamment il lui tient la tête,
Et, pour soulager sa conquête,
Sans crainte d'ses dents, il lui met
Son gros doigt jusques au sifflet.
Pour provoquer, c'est une ruse
Dont souvent à propos on use ;
Aussi la restitution
Se fait-elle en profusion.
Un vrai malheur, c'est la coiffure
Qui tombe et baigne dans l'ordure ;
Mais Jérôme, l'esprit présent,
D'ailleurs adroit et bienfaisant,
Soudain à tâtons la ramasse
Et vous la recampe avec grâce
Sur l'oreille de son tendron
Aussi dégoûtant qu'un étron.
   De sa main l'Hercule de halle
Enfonce au chef de son Omphale
Le bonnet rempli du coulis
De son ample dégobillis,
Dont l'extrait, retiré des boues,
Lui coule un peu le long des joues.
En vers, on a dit quelque part :
Beau désordre est effet de l'art.

On sait assez qu'à la Courtille
L'amour souvent rôde en chenille.
« Un peu d'couraj', mannzell' Fanchon ;
Poussons jusqu'au premier bouchon,
Où q'nous varrons qu'on vend d'l'eau-d'vie ;
Pour vous soutnir j'auroist envie
Que tant seulment, n'fut-ç-qu'un chiquet,
Vous r'fasse un peu l'cœur pus guillret :
C'est manqu' d'assez d'force, un'n foiblesse...
Que d'un peu d'besoin la détresse,
En prenant l'air, vient d'vous bailler...
C'est ç'qui vous fait dégobiller. »
A quatre pas l'on voit Javotte
Roupillant le cul dans la crotte.
Un peu plus loin sur un pivot
On croit voir tourner le Charlot,
Qui, pour un pas qu'il voudroit faire,
En recule deux au contraire.
Bastien s'époumone, Suson
N'entend ni rime ni raison ;
Guillaume, enchanté de Nicole,
Tout en trébuchant, la cajole,
Et veut, lui vantant son amour,
La preuve là de son retour ;

Mais la commère, qui n'est bête,
S'en défend comme fille honnête,
Et, moins grise et soûle qu'eux tous,
Le voit en vain à ses genoux.
Bon n'est le moment de l'ivresse,
Et Bacchus est gauche en prouesse.
« Guillaume, finissez vos jeux,
Autrement, pus roidd que six bœufs,
J's'rons forcé d'vous pommer la gueule;
Ç'n'est pas que j'fassions la bégueule,
Mais un chréquien non pus n'doit pas
Fair sur les ch'mins comm les varrats.
Pass qu'accueillans un'n demoiselle
On offre d'la r'conduir cheuz elle,
Ça s'entend, et, pus tôt d'dir non,
On aimroit mieux pardre son nom.
Sachez qu'i g'na qu'la politesse
Pour affrioler la tendresse. »
    Il est vrai, les hommes ne sont
Que ce que les femmes les font.
Par un avis sensé, Nicole
Du galant devient la boussole,
Et, sûr au logis d'être heureux,
Il tempère en chemin ses feux.

Deux à deux, marchant à la file,
Ils entrent déjà dans la ville,
Où des voitures le fracas
Pour eux n'est petit embarras.
Des yeux partout Jérôme lorgne
Et cherche quelque café borgne,
Ou, si l'on veut même, un bouchon,
Pour faire rafraîchir Fanchon,
Que l'on sait n'être assez nigaude
Pour jamais donner dans l'eau chaude,
Mais qui sait noyer sa raison
Dans le paffe ainsi que Suson.

Marchant toujours, enfin on drille
Jusque chez la mère Roquille,
Dont le commerce en possédé
Sur tous les autres a le dé ;
En brandevin elle a la vogue ;
Et, quoi qu'elle ait l'air assez rogue,
Elle souffre complaisamment,
La nuit, la maîtresse et l'amant
Dans sa maison agir à l'aise,
Et de plus elle déniaise
La jeunesse que, tout exprès,
Elle attire dans ses filets.

10

« Çà, qu'vous donnerons-j'? dit la Roquille.
Aux gens qui r'venons d' la Courtille
Il leur fau du paffe et du bon ;
G'na rien d'meilleur par-dessus l'jambon.
J'aimons tant les bravv demoiselles...
Parlez-moi d'ça, non d'péronnelles
Qui f'sons l'semblant des mal de cœur
Pour un méchant verr de liqueur.
Quand j'leur voyons fair la grimace,
J'leur chirions si bin à la face...
Vive encor un'n mannzell Fanchon,
Al n'prend pas ça pour du poison,
Non pus itou qu'mannzell Javote
Qui d'temps en temps s'en ravigote. »
    Bastien, las qu'on ne sonne mot,
Dit : « Fait's semblant d'nous bailler pot,
Faut toujours c'mencer par queut chose,
Quand l'gosier est sec, ça l'arrose :
Pas vrai, la mère ? » Elle soudain
De mesurer le brandevin
Et l'apporter ; eux, par bravade,
De se verser une rasade,
Et prouver pour le sacré-chien
Qu'ils ne se le cèdent en rien.

« Faut, dit Guillaum', mannzell Nicole,
Qu'à vot honneur ce soir je m'colle
A cell fin qu'mon amour en feu
Puisse itou mett le vôt en jeu.
Je m'souviens qu'tantôtt, pis qu'un'n glace,
Vous m'avez fais un'n rudd menace :
Un'n fill queut fois pour donner l'bouis
Paroît pus froidd qu'un'n chaîne à puits.
   — Monsieu Guillaum', je n'somm pas d'celles
Qui par feintise font les cruelles,
Et qui par manigance avons
D'certain'n magnierr que bin j'sçavons.
A vous ça n'est pas très honnête ·
D'aller d'vant l'monde d'cu et d'tête,
A l'encontr d'un'n fille d'honneur
Dont vous avez enganté l'cœur.
Sitôt qu'l'amour n'est pat un'n frime,
On manifesse son estime.
   — Quoi qu tu nous chantt-là ! dit Fanchon,
Sur l'honneur à califourchon,
Parsque, Guillaume, tés honnête,
Vas-tu pas faire ici la bête ?
Qui t'entendroit, n'diroit-il pas
Que j'n'avons jamais sauté l'pas ?

C'est bin là l'cas d' fair à Guillaume
D'un'n prise d' tetons un fantôme?
Le jeûne n'fait du tout profit
A sti-là qu'es en appétit;
Pour nous j'ne somm jamais en grogne
Contre un chalan d'la foir d'empogne;
A caus' de parsqu'ons a d'bon bien,
Faut-il qu'aux autt on n'prête rien?
Vantés qu'on s'aide à charj' de r'vanche :
Si j'prêtt la poêle, on m'prêtt le manche.
N'en est pas après tout d'l'honneur
Comm quand on magne un'n livv de beur. »

    La Roquille, en femme commode,
Suivant son ordinaire mode,
Les voyant si tard plus que gris,
Les engage à prendre des lits.

    Les commères apprivoisées,
Ne risquant d'être déhousées,
Acceptent l'offre et mettent bas
La peur d'exposer leurs appas.
Chacune en secret se fait fête
De quelque nocturne tempête.

    « Vou étés au sûr entre amis,
Dit la Roquille, en mon logis. »

Elle-même à la chambre mène
Les acteurs pour ouvrir la scène ;
Puis, souhaitant un grand bonsoir,
Elle leur dit : « Jusqu'au revoir ;
Dormez tous chacun bin tranquille,
N'y paroîtra demain en ville. »
    Déjà s'entend par plus d'un cri
Là le joyeux charivari.
C'est à qui paroîtra moins gauche
Dans ce vrai temple de débauche,
Et la crapule en liberté
Déshonore la volupté.
Mais un événement funeste
Vous les fait jouer de leur reste.
Ils vont se voir tous enlever
Sans qu'aucun puisse se sauver.
Tel en paix dans son lit tranquille
Parîroit contre un au moins mille
En sortir sans aucun malheur,
Qui perdroit jusqu'à son honneur.
Quand après quelqu'un est le diable,
L'infortune est inépuisable.
    Déjà depuis un certain temps,
Pères et tuteurs, mécontens

Du commerce de la Roquille,
Qui débauchoit plus d'une fille,
S'en étoient plaints au magistrat,
Qui, juge en ce cas par état,
Voulut, pour l'exacte police,
Qu'on choisît une nuit propice
Pour faire sauter le taudis
Où commençoient quelques laïs.

   Un commissaire et son escorte
A minuit frappent à la porte ;
On ouvre, on monte, et l'on saisit
Tout, sans accorder de répit.

   Beau jeu n'auroit pas là la jape :
Tous les huit aussitôt on happe,
C'est égal, filles et garçons,
N'osant brin faire les Samsons.

   On sait qu'alors un commissaire,
Rarement se piquant de plaire,
Brusque la toilette et prétend
Qu'on soit mené tambour battant ;
Mais la furieuse Nicole,
Qui n'avoit proféré parole,
S'échappe et dit : « Mess'eurs les r'cors,
L'fouet et la corde en sont dehors ;

On nous connoît d'reste à la halle,

Où j'vivons bravvment sans scandale.

Si nous nous mêlons du méquier,

C'n'est du moins pas pour du poussier.

La Roquill, que l'diable l'entraîne,

Avec ses lits nous vaut s't'aubaine.

C'est en r'venant des Porcherons

Qu', nous sentant las les paturons,

J'ont entré céans pour boir goutte ;

Puit après, un'n fois en déroute,

Nous empaffant d'son possedé,

J'nous avons senti l'cœur guedé,

Par quoi, craignant queute culbute,

J'avons consenti sans dispute

A nous r'poser cheux c'te chien'n là :

Où qu'ès donc l'grand mal de tout ça ? »

    L'exposition de Nicole,

Toute simple et sans hyperbole,

Les devoit tirer d'embarras ;

Mais un commissaire n'est pas

Homme à tirer quelqu'un de peine

Sans ce qu'on appelle l'étrenne ;

Aussi donne-t-il ordre au guet

De les mener au Châtelet.

Cet exemple fait voir aux filles
Le danger que, chez les Roquilles,
On court quand, par malheur la nuit,
Chez elles on accepte un lit.

Paris, imp. Jouaust

LES CHEFS-D'ŒUVRE INCONNU

PUBLIÉS PAR LE BIBLIOPHILE JACOB

~~~~~~

Sous le titre de *Chefs-d'œuvre inconnus*, nous réunis
non seulement certaines œuvres, presque ignorées, de
grands écrivains, mais encore des productions remarqua
qui n'ont vu le jour que pour tomber immédiatement d
l'oubli, entraînant avec elles jusqu'aux noms de leurs
teurs. Nous avons voulu les présenter aux amateurs s
une forme élégante qui les vengeât de l'injuste abandor
elles étaient tombées, et au charme d'une impression
luxe nous avons joint l'attrait de gravures dues à l'un
artistes les plus favorisés du public.

EN VENTE

Prix doubles pour le pap. de Chine et le pap. Whatman

SOUS PRESSE:

Contes de Saint-Lambert.

Septembre 1882.

Imp. Jouau

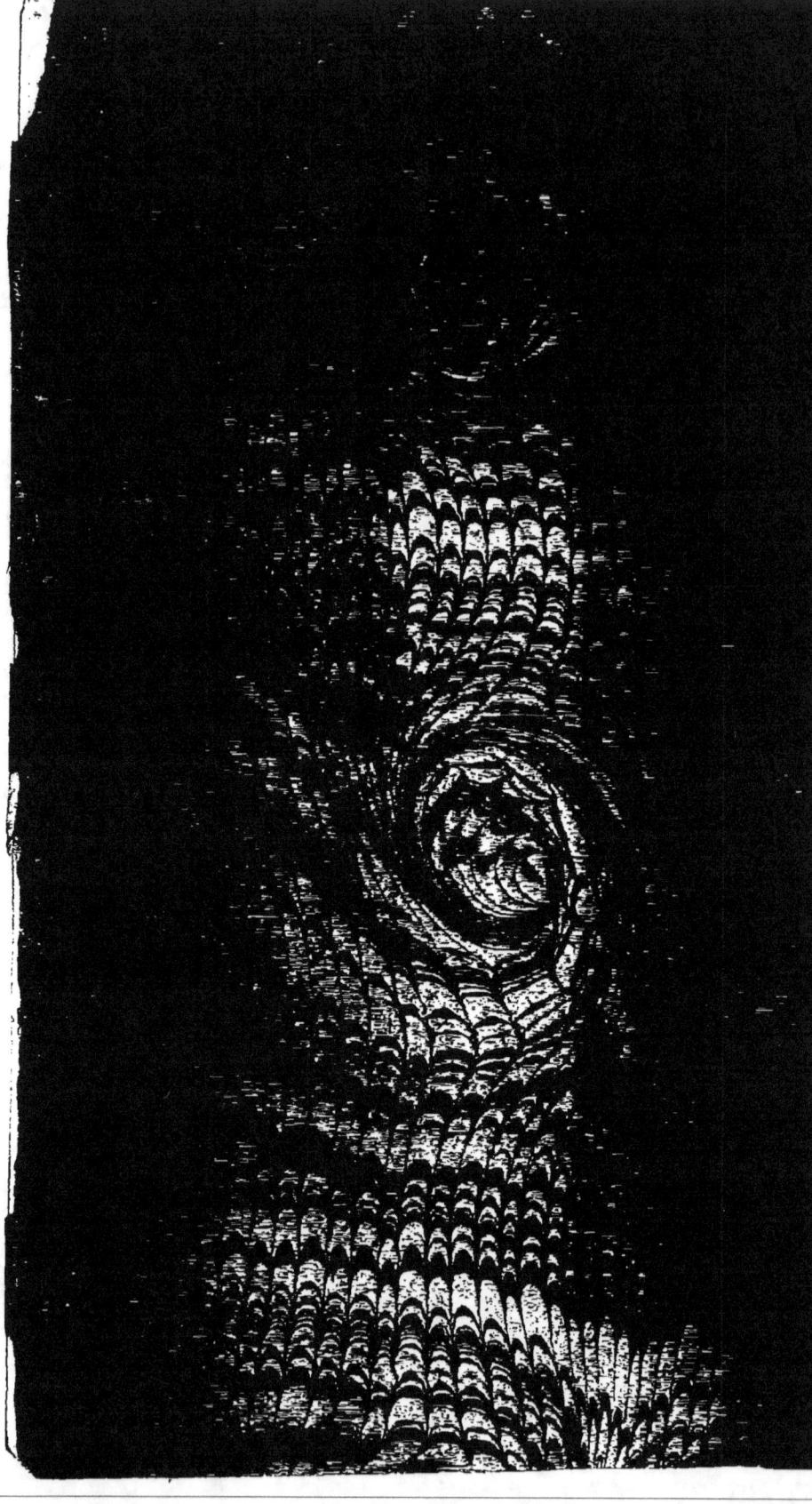

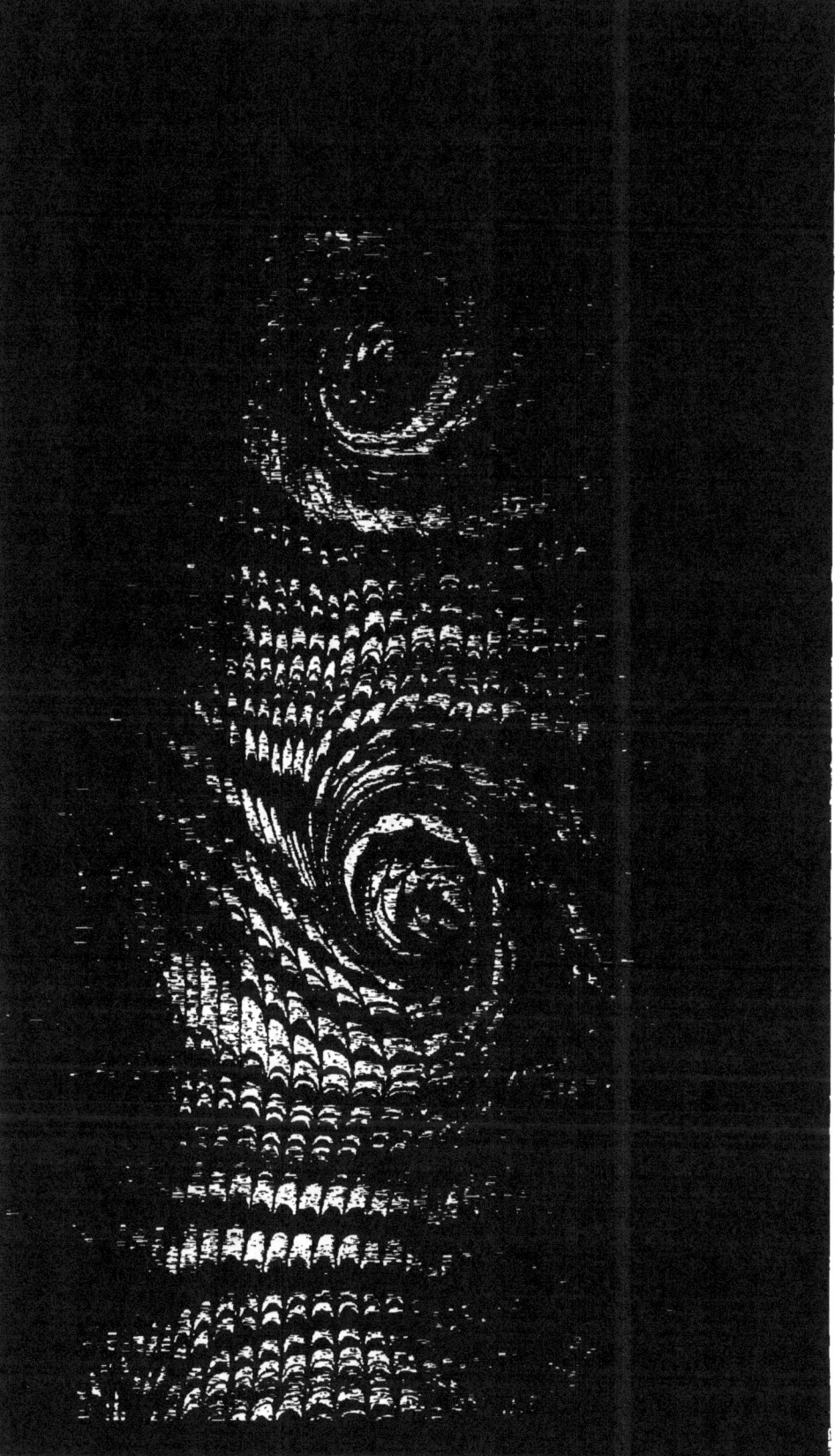